Las palabras que se lleva el viento

MONTAÑA
ENCANTADA

Juan Carlos Martín Ramos
Ilustrado por Alicia Cañas

Las palabras que se lleva el viento

EVEREST

Dirección Editorial: Raquel López Varela
Coordinación Editorial: Ana María García Alonso
Maquetación: Cristina A. Rejas Manzanera
Diseño de cubierta: Jesús Cruz

QUINTA EDICIÓN

© Juan Carlos Martín Ramos
© EDITORIAL EVEREST, S. A.
Carretera León-La Coruña, km 5 - LEÓN
ISBN: 84-241-8666-4
Depósito legal: LE. 1247-2004
Printed in Spain - Impreso en España

EDITORIAL EVERGRÁFICAS, S. L.
Carretera León-La Coruña, km 5
LEÓN (España)
Atención al cliente: 902 123 400
www.everest.es

A Lurdes,
por contarme al oído el principio y el final
de todos los cuentos.

A Jorge y Nélida,
que pasaron parte de su infancia en primera
fila ante un teatrillo de títeres y tal vez por
eso crecieron, sobre todo, por dentro.

A Juan,
por dejar la puerta abierta para que entrasen
en casa, por este orden o al revés, el viento
que se lleva las palabras y todos los gatos
de los alrededores.

EL JUEGO DE LAS PALABRAS

Éstas son las palabras
que me ha traído esta mañana
el viento.

Palabras para hablar por casa,
palabras que huelen a pan
recién hecho.

Palabras para hablar en paz,
palabras que si dicen "blanco"
dicen "negro".

Palabras que no son de nadie,
palabras que no tienen precio.
Palabras para hablar de cerca
o de lejos.

Palabras, palabras y más palabras.
Palabras que se lleva el viento.

PAISAJE EN EL TINTERO

Miro por la ventana
y escribo en mi cuaderno.
El paisaje está fuera
y a la vez aquí dentro.
La luz mancha la página
debajo de mis dedos.
Los pájaros son letras
escritas en el viento.
Las huellas del camino,
palabras que me dicen
si estás cerca o vas lejos.
Un arroyo murmura
dentro de mi tintero.
De pronto, cae la lluvia.
Borrón y cuento nuevo.

Verso y reverso

Verso y reverso,
haz y envés,
la otra cara de la luna
no la ves.

Hay palabras que se dicen
al derecho y al revés,
cuando pases esta página
puede ser que ya no estén.

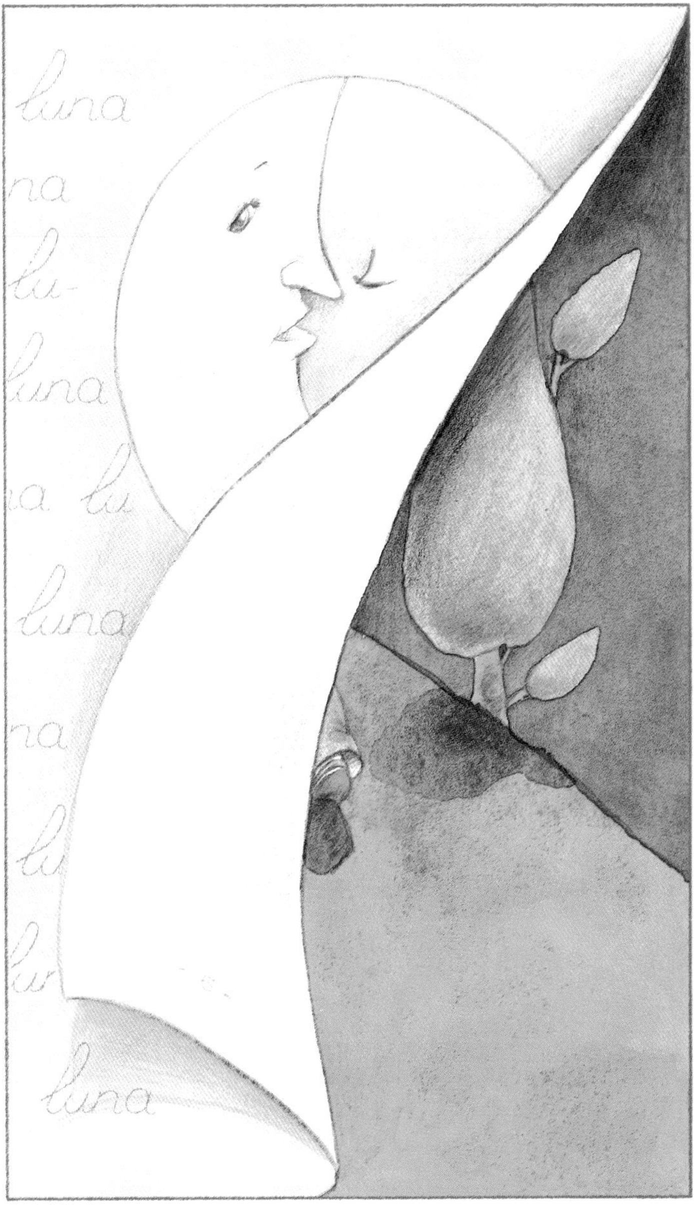
luna
na
lu-
luna
na lu
luna
na
luna

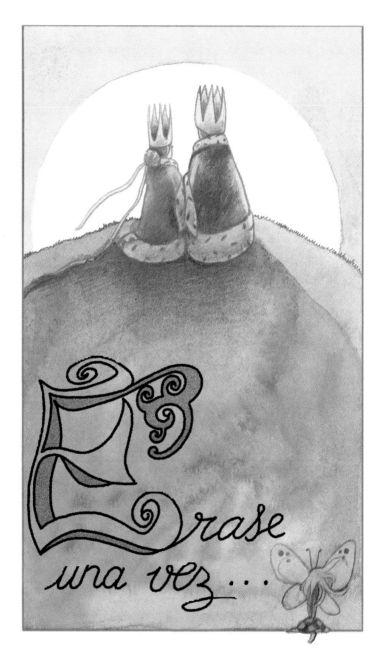

Érase una vez…

EL CUENTO DE NUNCA EMPEZAR

Érase una vez un cuento
que nadie puede contar,
que acaba por el principio
y empieza por el final.

Érase una vez un cuento
que se cuenta sin contar,
cuando empieza ha terminado,
cuando acaba va a empezar.

Un cuento hace un ciento

Cuento sílabas con los dedos
y sale un verso.

Cuento pasos en el camino
y llego lejos.

Cuento las horas y los días
y pasa el tiempo.

Cuento las gotas de la lluvia,
las hojas secas en el viento,

los hilos de la telaraña,
las flores blancas del almendro,

los radios de mi bicicleta,
las páginas de mi cuaderno.

Lo cuento todo y me lo cuento,
y se lo cuento a todos,
y a ti el primero.

CANCIONES Y PALABRAS DE OTRO CANTAR

CANCIONES DE COLUMPIO

A la una

Ya vengo, ya voy.

Columpio con alas,
campana del aire.

Mi sombra va y viene
más chica y más grande.

Ya vengo, ya voy.

La puerta del viento
se cierra y se abre.

Y a las dos

Cuando cierro los ojos,
mi columpio es el mar.

Caballito de oro,
bosque de coral.

Cuando cierro los ojos,
mi columpio es el viento.

Mariposa bordada,
flor de mi pañuelo.

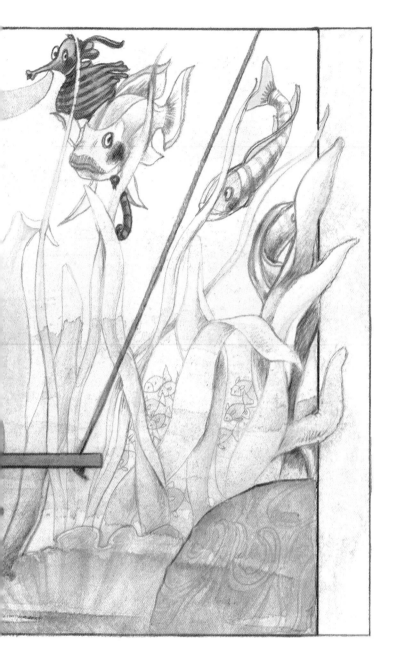

MI CASA ES UN AGUJERO

Mi casa es
un agujero en el suelo,
un oscuro laberinto,
un pasadizo secreto.

Mi casa es
un agujero en un árbol,
el viento helado de enero,
la brisa dulce de mayo.

Mi casa es
una grieta en la pared,
una teja del tejado,
la rendija en la ventana
del amanecer.

Canción del viento

Soy el viento, ¡el vientooooo!
A todas partes voy,
de todas partes vengo.

Cabalgo por el mar,
por bosques y desiertos.
El brillo de la luna
se enreda en mis cabellos.

Soy el viento, ¡el vientooooo!

Dibujo sobre el agua
la cara que no tengo,
susurro entre las hojas
lo que sólo yo entiendo.

Soy el viento, ¡el vientooooo!
A todas partes voy,
de todas partes vengo.

EL PUEBLO DORMIDO

En el fondo del valle,
hay un pueblo dormido.

Nadie cruza las calles
ni viene de camino.

Bajo la higuera seca,
un columpio vacío.

Ya no hay perro que ladre
ni ratón perseguido.

Ya los gallos no anuncian
con su canto el rocío,

porque a nadie le importa
que haya o no amanecido.

Pasa el tiempo de largo
como el agua del río.

Teje y teje la araña
su gran red, hilo a hilo.

LA CIUDAD DE LA PRISA

¡Pasen y vean
la ciudad de la prisa,
quien corre en la cuerda floja
es un artista!

¡Pasen y vean,
que aquí todo se acaba,
aquí sólo llega a tiempo
el hombre-bala!

¡Pasen y vean!
¡A quien no mira el reloj,
la ciudad lo devora
como un león!

¡Pasen y vean
al mostruo de la jaula,
leyendo un libro
sin arrancar las páginas!

PALABRAS DE TÚ A TÚ

—Yo he nacido aquí mismo,
a la sombra de este árbol.
—Yo he venido de muy lejos
para crecer a su lado.

—Me llamo igual que este río,
que me alimenta y me lava.
—Aunque no sepa su nombre,
también refleja mi cara.

—Yo quiero ser de mayor
quien abra todas las puertas.
—Yo quiero quitar las puertas,
que no haya "dentro" ni "fuera".

—Me gustan todos los juegos
que se juegan de la mano.
—Me gusta que canten otros
las canciones que yo canto.

—¿Por dónde se va a tu casa?
—Volviendo sobre mis huellas.

—Entonces me voy contigo,
así te llevo y me llevas.
A mí me coge de paso
y, yendo juntos, mi casa
aún estará más cerca.

DE POCAS PALABRAS

1

El otoño, cuando llega,
deshace
su equipaje de hojas secas.

2

Luna llena,
reflejada en el agua,
parece que estás cerca
y, a la vez, más lejana.

3

En un libro olvidado,
he encontrado una flor
(una flor amarilla,
pequeña, temblorosa,
o tal vez asustada).
Dime, flor, tu secreto.
O, mejor, guárdalo.

4

En el reloj de la torre
se ha enredado
el hilo de mi cometa.
Las agujas ya no giran,
pero el tiempo vuela libre
y no espera.

5

Cada noche,
para calentarme,
arrojo al fuego
ramas secas,
palabras arrugadas,
las mondas de la fruta,
la hoja del calendario.

6

El viento que mueve los árboles
del jardín
se ha equivocado de partitura.
Ahora, al abrir el balcón,
escucho entre las ramas
el ruido del mar.

7

Página en blanco,
punto y aparte.
No digo nada,
tú ya lo sabes.

LA CARA DE SU RETRATO

El viejo relojero

Ajusta cada día
la máquina del tiempo,
ordena los segundos,
engrasa el universo.

(Sobre su cabeza,
el péndulo viene,
el péndulo va,
y el silencio,
mientras tanto,
hace tic,
hace tac.)

Anclado en su taller,
sin prisa se ha hecho viejo,
sabiendo la hora exacta
de todos sus recuerdos.

El farero

Cumplo al pie de las olas
mi misión en la tierra:
que mi faro dé luz
contra viento y marea.

Soy farero de oficio,
vigía a todas horas,
capitán de una torre
varada entre las rocas.

Paso el tiempo contando
de noche las estrellas,
de día las gaviotas,
los barcos que se alejan.

Pero nunca estoy solo.
Paseo con mi sombra,
converso con el mar,
escucho caracolas.

Por el aire dibuja
el humo de mi pipa
sirenas y veleros
que van a la deriva.

El café de don Antonio
(Retrato de un poeta en una cafetería)

Cada tarde los espejos
repetían su figura,
su sombrero, su bastón,
el rasgueo de su pluma.

Rebuscaba en sus bolsillos
los secretos del idioma,
las palabras que dijeran
la verdad de cada cosa.

En papeles arrugados
explicaba el universo,
ni el zumbido de una mosca
se dejaba en el tintero.

Daba cuerda a su reloj
cada vez con más trabajo,
lentamente el tren del tiempo
se escapaba de sus manos.

Una tarde no volvió.
Entre espejos silenciosos,
se enfrió sobre la mesa
el café de don Antonio.

EL PIRATA TATUADO

En el brazo del pirata
nada el tatuaje de un pez.
En la palma de la mano,
navega el barco
que nunca pudo tener.

Todo su cuerpo es un cromo,
lleva a cuestas mil historias
dibujadas en la piel.

Su bandera desgarrada
sobre el pecho,
el retrato de su loro
junto a un pie.

Pero, ¡ay, pobre pirata!,
el mapa de su tesoro
se lo han tatuado en la espalda,
y no lo ve.

LA MUJER BARBUDA

Soy una mujer
con toda la barba.

No quiero ser
la estrella de un circo,
no quiero
dar la vuelta al mundo
dentro de una jaula.

No quiero
que el barbero de la esquina
me ofrezca su amor,
no quiero
si a cambio me pone
como condición
afeitar mi barba.

No quiero tener
un espejo mágico,
no quiero
si, al verme reflejada,
no encuentro ni un solo pelo
de mi cara.

Quiero ser quien soy,
lo que veis no es un disfraz.
Soy una mujer
con toda la barba.

UNA ESTATUA A LA PUERTA DEL MUSEO

Ahora soy una estatua
a la puerta de un museo,
pero en vida fui pintor
y me llamaban don Diego.

Dioses, reyes y bufones
se asomaron a mis lienzos,
más que para ser mirados,
para veros.

Tan perfecto es su retrato
que les cuesta estarse quietos,
parecer que están pintados,
atrapados en el tiempo.

Sentado en mi pedestal,
veo el mundo desde lejos,
doy pinceladas al aire
con el color de mis sueños.

Algunos atardeceres
y las hojas en el viento
que recorre la ciudad
han nacido entre mis dedos.

Ahora soy una estatua
a la puerta del museo,
un nido para palomas,
un artista callejero.

EL BUFÓN AMBULANTE

¡Atención, mucha atención!

Soy yo solo un espectáculo,
un artista de mil caras,
hombre-orquesta, el no va más,
comodín de la baraja.
Soy actor y saltimbanqui,
tragasables, lanzallamas,
hago juegos malabares
con estrellas y palabras.

¡Atención, mucha atención!

Yo, que obtuve en los palacios
los laureles de la fama,
que con arte he conseguido
que le cuelgue al rey la baba,
quiero ser en plena calle
la atracción de los que pasan:
los que siempre tienen prisa
y los que nunca se paran.

¡Atención, mucha atención!
¡Hagan corro para ver
al bufón que viste y calza!

ESTO ES LO QUE HAY

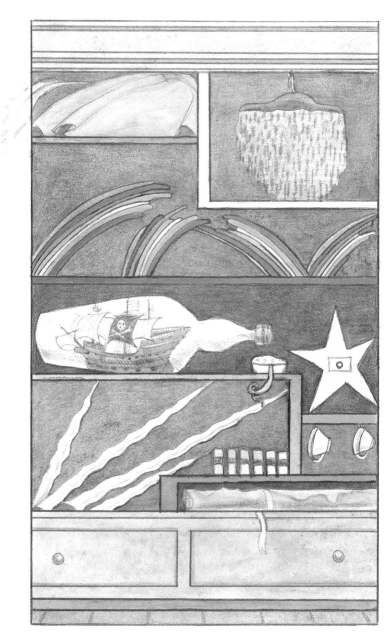

La tienda mágica

Hay un barco fantasma
dentro de una botella,
un rizo del cabello
azul de una sirena.

Hay trozos de arco iris,
la cola de un cometa,
una lluvia oxidada
colgada en una percha.

Hay cuernos de unicornio,
el manto de la niebla,
el mapa de un tesoro
oculto en una estrella.

Nadie pase jamás
de largo ante esta tienda.
Nadie pase de largo
si, alguna vez, la encuentra.

EL BOSQUE ENCANTADO

Hay un hada que ofrece
tres deseos
a cambio de una rosa.

Hay princesas dormidas
y príncipes azules
que galopan.

Hay dragones con alas
que, en vez de echar fuego,
soplan.

Hay brujas que en otoño
barren la hojarasca
con su escoba.

Y hay un viejo muy viejo
que va al bosque a por leña,
y en su choza,
al amor de la lumbre,
cuenta todos los cuentos
que se le antojan.

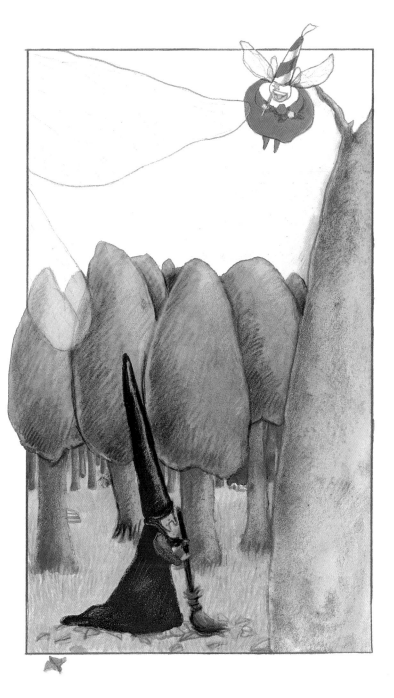

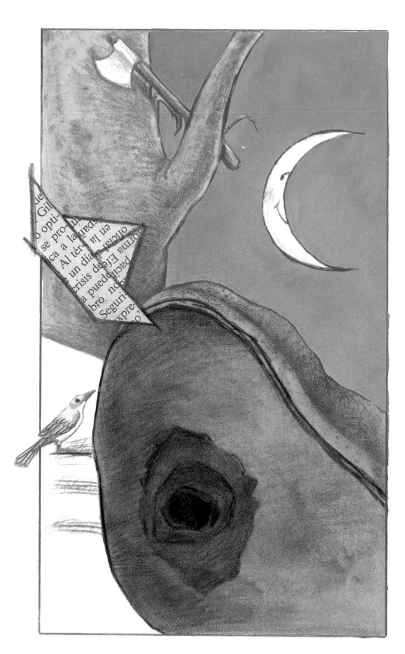

VERSOS QUE HE TACHADO EN MI CUADERNO

En la palma de la mano,
un libro abierto.
En la suela del zapato,
un agujero.

En una gota de tinta,
un barquito de papel.
La luna llena me mira
dibujada en la pared.

Entre las ramas del árbol,
el hacha del leñador.
En los versos que he tachado,
canta en mayo un ruiseñor.

LA BIBLIOTECA IMAGINARIA

Hay un libro que habla solo,
un libro que nadie ha escrito,
un libro con un espejo
y, dentro, un libro distinto.

Hay un libro de aventuras
donde nunca pasa nada,
un libro que inventa cuentos
con una sola palabra.

Hay un libro que se abre
con la llave de un castillo,
un libro para perderse
en medio de un laberinto.

Hay un libro donde el viento
arrastra todas las letras,
un libro con un camino
por donde nadie regresa.

Libros que lo dicen todo
y libros que se lo callan,
libros donde el mar va y viene
sin salirse de la página.

LA CASA DEL VIENTO

Por el ojo de la cerradura
de la casa donde vive el viento,
puedes ver
bandadas de cometas,
arboledas
que afinan su instrumento,
el otoño
bailando por las calles,
una nube
que peina sus cabellos,
una flor deshojada,
fugitivos sombreros,
papeles arrugados
donde vuelan noticias
que ya son un recuerdo.

Por el ojo de la cerradura
puedes ver lo que cuento.
Y en la ventana,
secándose al sol,
agitando sus alas en el tendedero,
el disfraz invisible, ya hecho harapos,
del viento.